1,61€ Nov23 (M)
1,29€

Christoph Hein

Das goldene Vlies

Erzählung

Faber & Faber

Phrixos war noch ein Kind und keine vierzehn Jahre alt, doch alle, die ihn sahen, glaubten einen menschgewordenen Gott zu sehen, so vollkommen erschien er einem jeden. Er war größer als die Kinder in seinem Alter, und seine Glieder waren ebenmäßig, kräftig und gut trainiert. Der Kopf schien von einem Bildhauer der Tempelschule modelliert zu sein, so gleichmäßig und gebildet waren alle Züge. Seine Stirn war hoch und wirkte männlich, die Nase erinnerte einen jeden an die Statue des jugendlichen Zeus in Phokis, und ebenso wohlgeformt waren seine Wangenknochen, das Kinn und die Lippen. Gekräuseltes schwarzes Haar umrahmte und krönte das Haupt, und da es lang und ungeschnitten war, umgab es das schöne Gesicht mit einem Hauch von nachlässiger, ungebändigter Eleganz. Seine Brust war muskulös und die Hüfte schmal, und seine Haut besaß einen so bronzenen Ton, dass man vermeinte, einen Flaum darauf wahrzunehmen. Wie bei einem kleinen Kind streckte ein jeder unwillkürlich die Hand aus, um diese Haut zu streicheln. Wenn er durch Megara lief oder mit seinen Freunden am Ufer des Korinthischen Meeres spielte, waren seine Bewegungen geschmeidig und von spielerischer Vollkommenheit, denn sein Blut kannte noch nicht den Stachel der Lust und wusste nichts von der verzehrenden Gier, die eines Tages auch seine Ruhe zerstören würde.

Phrixos, Sohn Königs Athamas von Theben und der Nephele

Die Maler und Bildhauer in Megara und ganz Megaris schienen in einem Wettstreit zu sein, den Königssohn darzustellen, so viele Bilder und Statuen gab es von Phrixos. Der Knabe wurde stehend abgebildet und laufend, im sportlichen Kampf und beim Baden, mit Tieren und Blumen wurde er gemalt, und auch vom Schlafenden gab es einen Marmorstein. Über Megaris hinaus wurde eine Plastik bekannt und berühmt, die Phrixos nachbildete, wie er sich einen Dorn aus dem Fuß zog.
Der Knabe bezauberte einen jeden. Die Männer, die Phrixos sahen, hielten unwillkürlich inne, schauten ihm hinterher und lächelten. Und auch die Frauen blickten ihm lange nach, aber in ihrem Lächeln glitzerte der Schimmer von einem verzehrenden Fieber, und die Brüste und die Scham schmerzten sie, als habe ein heißer Hauch des eros-

gebärenden Westwindes diese berührt oder als seien sie von der zweiflügligen Plage der Hera gestochen worden. Selbst Nephele, seine Mutter, konnte ihn nicht ansehen, ohne dass sie ein ihr unerklärliches Zittern befiel und sie in ihrem Blut ein Rauschen verspürte, das nicht von Sohnesliebe zu ihr sprach.

Phrixos aber nahm alle Freundlichkeiten mit der Unschuld und Selbstverständlichkeit eines Kindes hin, was alle noch mehr entzückte und für ihn einnahm.

Seine Tante Biadike, die Frau des Kretheus, in deren Haus Phrixos häufig zu Gast war und mit deren Kindern er spielte, war wie jede Frau in Megaris von seinem Anblick betört und konnte die Augen nicht von dem Jüngling wenden, der noch immer ein Kind war. Als er eines Tags, da ein lang anhaltendes Gewitter ihm den Heimweg verwehrte,

Und legte sich gierig neben Phrixos

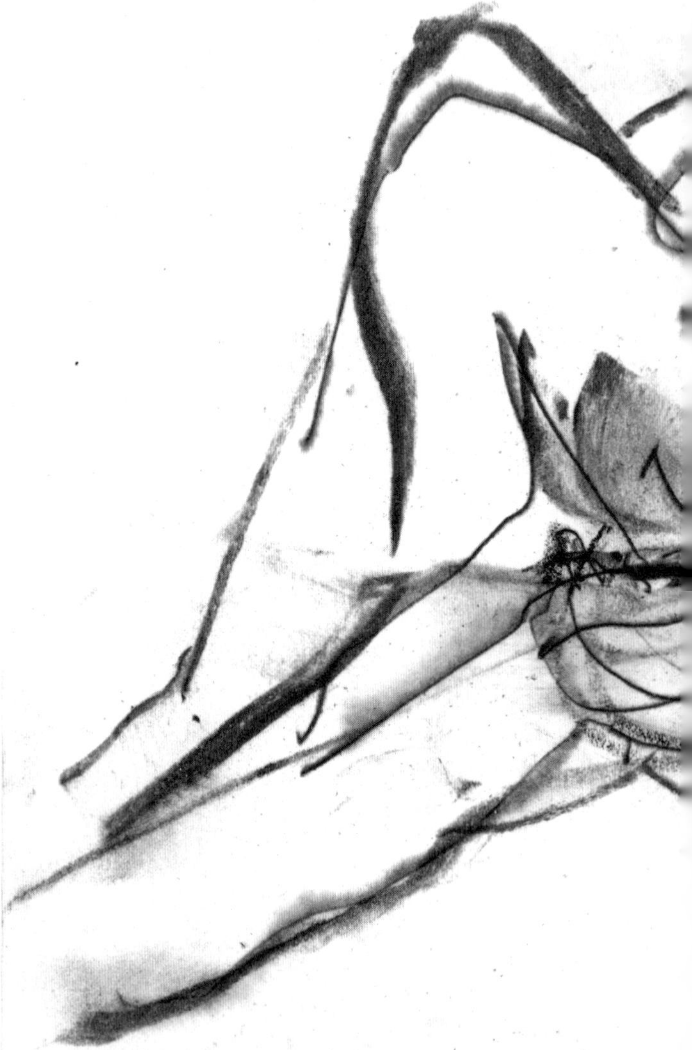

in ihrem Haus übernachtete, stand sie, mitten in der Nacht von einem Blitz geweckt und halb im Traum, von ihrem Bett auf und lief in das Zimmer, in dem der Jüngling schlief, zog sich ihr Nachthemd aus, legte sich neben Phrixos, entkleidete ihn und begann, das Kind gierig zu streicheln und zu küssen. Phrixos fuhr aus dem Schlaf hoch, schrie auf und schlug in der Dunkelheit um sich, da ihm die Zärtlichkeiten der Frauen noch unvertraut und lästig waren. Biadike, durch sein Geschrei erst völlig geweckt, denn sie war schlaftrunken zu ihm gegangen, sah sich entkleidet neben dem nackten Phrixos liegen. Nun schrie auch sie, rannte, mit einem Hemd notdürftig ihre Brüste und ihr Geschlecht bedeckend, durch ihr Haus, weckte mit wildem Wehklagen ihren Mann, die beiden Dienerinnen und ihre Kinder und beschuldigte Phrixos der versuchten Vergewaltigung. Kretheus ließ den jungen Phrixos von den Knechten fesseln und im Stall anbinden, wo er bis zum Morgen im Kot der Schafe und Ziegen lag. Als der neue Tag angebrochen war, ging Kretheus zu König Athamas und Nephele, den Eltern von Phrixos, und berichtete ihnen, was in seinem Haus vorgefallen war oder vielmehr das, was ihm seine Frau erzählt hatte. Noch am gleichen Vormittag kam das Gericht der großen Familien von Megaris zusammen, und das, was Phrixos zuvor ausgezeichnet und vor allen herausgehoben hatte, seine Schönheit und seine Unschuld, verurteilte ihn nun zum Tod, denn nicht einer zweifelte an dem Vergehen des Königssohns. Man sah die weinende und klagende Biadike, die umso überzeugender ihre Anklage vorbrachte, da sie von ihrem schlafttrunkenen Tun wenig wusste.

Die Flucht

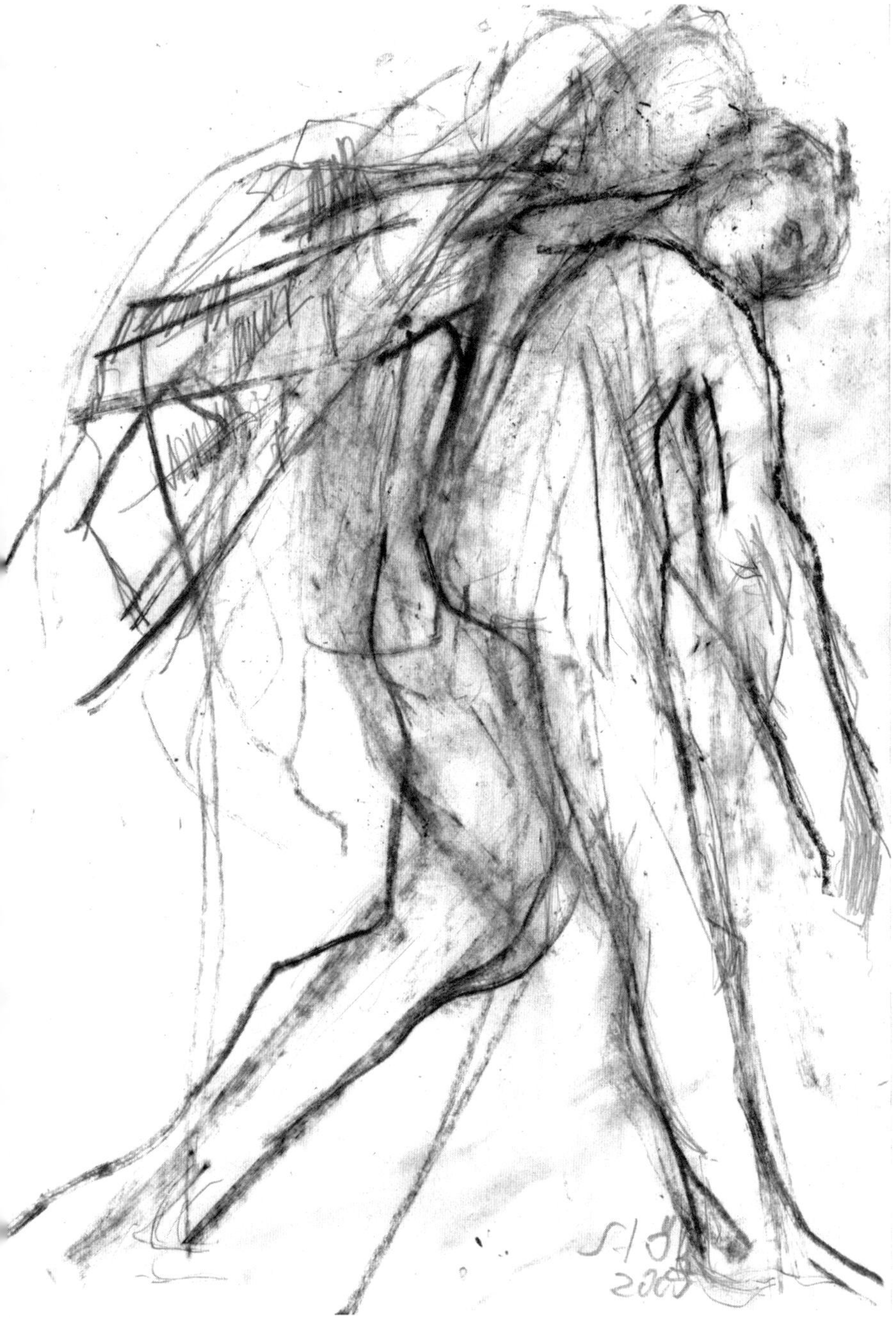

Phrixos dagegen, der sich nicht zu verteidigen verstand, da ihm das nächtliche Geschehen so unklar war wie die ihm zur Last gelegte Tat, bejahte die entscheidende Frage, ob er seine Tante liebe, einfältig und heftig.
Die Augen aller im Ratssaal Sitzenden waren beständig auf Phrixos gerichtet, und obwohl dieser auf dem schmählichen und niedrigen Sitz des Angeklagten hocken musste, verspürte ein jeder die erotische Gewalt, die dieser Jüngling ausstrahlte, und keiner zweifelte daher an dem ihm unterstellten Vergehen.
Schließlich wussten selbst König Athamas und Nephele nichts mehr zu seinen Gunsten vorzubringen und mussten schweigend und schmerzerfüllt seine Verurteilung hinnehmen.
Sein Vater ging in der folgenden Nacht mit einem Knecht in das verschlossene Gewölbe, in dem Phrixos gefangen ge-

halten wurde, löste ihm die Fessel, sagte sich für immer von ihm los und hieß ihn zu fliehen.
Er glaubte nicht an dessen Unschuld, wollte aber seinem Haus und seiner Herrschaft die Schande einer öffentlichen Hinrichtung des Sohnes eines Königs ersparen.
Phrixos, der weder die Gerichtsverhandlung und das Urteil noch den Hass seiner Eltern, Verwandten und Freunde verstand, rannte ohne zu fragen und inne zu halten aus der Stadt, er rannte Tag und Nacht, denn er hatte begriffen, dass er um sein Leben lief.
Nach einer Woche kam er, erschöpft und abgezehrt, an die Quellen des Kephisos bei Phokis und traf dort auf zwei Männer, die in einer Felsenhöhle lebten. Es waren Bauern, die ihre Gehöfte durch Mißernten verloren hatten und nun hofften, durch das Gold im Kephisos,

Das Waschen des Goldes im Kephisos

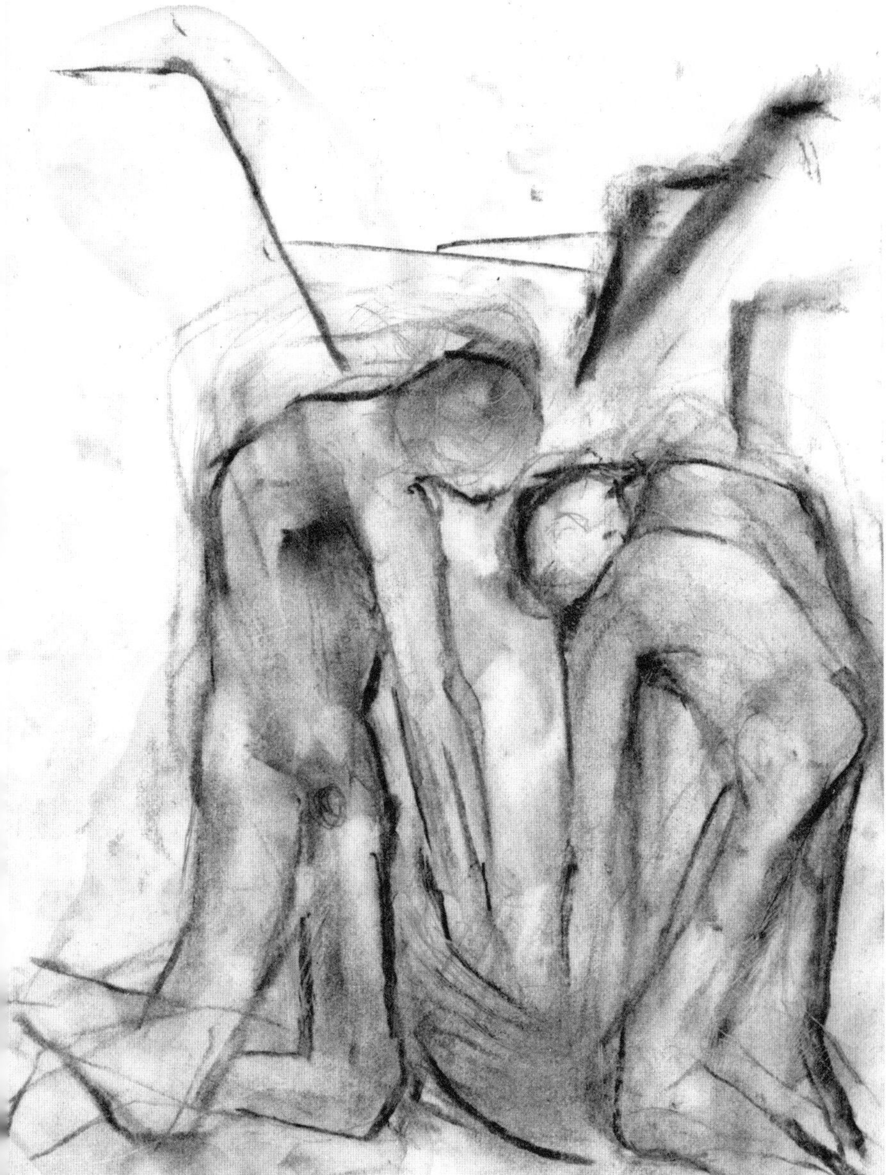

von dem ihnen Reisende erzählt hatten, wieder zu Geld, Ansehen und Besitz zu kommen. Als Phrixos plötzlich bei ihnen erschien, fürchteten sie, er hätte gesehen, wie sie nach Gold suchten, oder andere, denen er auf seiner Reise von den Männern an der Quelle erzählte, könnten sich zusammenreimen, welches Geschäft sie am Wasser des goldhaltigen Kephisos betrieben. Das gesamte Gold des Landes nämlich, selbst das noch nicht geschürfte oder herausgewaschene, gehörte allein dem König von Böotien und Megara, Athamas. Ohne Genehmigung nach dem Gold zu suchen, wurde als schwerer Diebstahl angesehen und bestraft, und so entschlossen sich die beiden Männer, den Knaben umzubringen, um der Gefahr zu entgehen, selbst hingerichtet zu werden.

Phrixos, der sich bei den Männern in Sicherheit wähnte, gewann seine Unbe-

kümmertheit wieder, ging den beiden Goldwäschern freudestrahlend zur Hand und bereitete ihnen das kärgliche Abendbrot mit Geschick und freundlichem Geplauder, so dass er die Herzen der zwei Bauern, die mit gezogenem Messer hinter ihm standen, bereits am ersten Tag für sich gewann und nichtsahnend sein erneutes Todesurteil abwenden konnte.
Und da er nichts von seinem ihm unbegreiflichen Schicksal und der Verurteilung erzählte und ihnen auch verschwieg, dass er der Sohn von Athamas sei, vielmehr behauptete, ein reisender Schüler des Miletos zu sein, rettete er zum anderen Mal sein Leben, denn einen Sohn des Mannes, den sie bestahlen, hätten die beiden Goldwäscher keinesfalls am Leben gelassen.
Die beiden Bauern entschieden, den gefälligen und gut aussehenden Jungen

Und diente den Männern als Frau

bei sich zu behalten, wenn er nur willig wäre und ihnen als Frau dienen würde. Phrixos hatte sich tagsüber um die fünf Schafe und zwei Ziegen zu kümmern, sie auf die Weide zu treiben und zu melken, aus ihrer Milch Käse zu bereiten, Brotfladen zu backen, Früchte zu sammeln und zu trocknen und die Fliegen von den Trögen mit dem gärenden Traubensaft zu scheuchen. In der Nacht hatte er sich auf die Schlaffelle der Männer zu legen, die ihn, da er noch kein Mann war, als Ersatz für eine Frau benutzten. In den ersten Nächten sträubte sich Phrixos und wehrte sich, doch die Männer schlugen ihn bestialisch und mißbrauchten danach den fast Bewußtlosen. Der Junge ergab sich seinem Schicksal schließlich, da er sich nicht zu helfen wusste, denn in seiner Heimatstadt war er von allen anderen und selbst den eigenen Eltern zum Tode verurteilt, und so erduldete er lautlos weinend den stinkenden Atem und die ihm aufgedrängten Geschlechtsteile, die bei beiden Bauern faulig waren und grindig.

Ein halbes Jahr lebte Phrixos mit den Goldwäschern. Einmal, er war auf der Suche nach Beeren und Pilzen, kam er unvermutet an die vor ihm geheim gehaltene Stelle, wo die beiden zwischen steil aufsteigenden Felswänden nach Gold suchten. Er kauerte sich in die Büsche und sah ihnen bei der Arbeit zu. Die Bauern hatten die abgezogenen Felle von sechs Schafen in das Bett des Bachs gelegt und mit Steinen beschwert, damit das wirbelnde Wasser über die Vliese fließe und die mitgeführten Goldkörnchen in den Locken der Felle hängenblieben. Die zwei Männer liefen unentwegt von einem Fell zum anderen, starrten minutenlang darauf und gin-

Ein Donner war zu hören, doch der Himmel war sonnig und klar

gen dann zum nächsten. Von Zeit zu Zeit nahmen sie vorsichtig die Felle aus dem Wasser, und sorgsam suchten sie Locke für Locke nach Gold ab. In den zwei Stunden, die Phrixos sie belauschte, schienen sie nicht ein einziges Goldkorn gefunden zu haben. Lautlos machte er sich auf den Heimweg, er wollte nicht an ihrer Goldstelle von ihnen überrascht werden, denn er ahnte, dass sie ihn schlagen oder gar töten würden.
Im Herbst, als sich die Blätter bereits verfärbt hatten, wurde Phrixos von einem lang anhaltenden Donner erschreckt. Er war mit der Zubereitung der Milch beschäftigt und glaubte, ein Gewitter würde aufziehen, doch der Himmel war sonnig und klar, und da der Donner nicht aufzuhören schien und die Erde zu beben begann, verkroch er sich in der Höhle. Nach einigen Minuten wurde es wieder ruhig. Phrixos

sah nach den Schafen und Ziegen, dann ging er in die Richtung, aus der der Donner gekommen zu sein schien.
Er lief, bis er wieder an jene geheim gehaltene Stelle des Baches gekommen war, an dem er die beiden Bauern bei der Goldsuche entdeckt hatte. Schon von weitem sah er, dass die Felswände eingestürzt waren. Vorsichtig kroch er über die verbliebenen Reste des Felsen und schaute in den Abgrund.
Die beiden Männer lagen neben dem Bach, sie schienen tot oder verletzt zu sein. Im ersten Moment wollte er hinunter klettern, doch er fürchtete, bestraft zu werden, und blieb regungslos in seinem Versteck und sah zu ihnen. Einer der beiden bewegte sich schließlich, kroch auf allen vieren zu dem anderen, stieß ihn an und fasste nach dessen Gesicht. Langsam und vorsichtig erhob er sich dann und tastete seine

Phrixos, der Mörder

Knochen ab. Er war blutverschmiert und schleppte sich hinkend zum Bach, um seine Hände und das Gesicht zu waschen. Danach humpelte er zu den im Bach ausgelegten Fellen, räumte keuchend das Geröll, das darauf lag, beiseite und hob sie vorsichtig aus dem Wasser.

Als er aber zum vierten Schafvlies kam, hörte Phrixos, wie der Bauer laut aufschrie, doch war es kein Schrei des Schmerzes. Obwohl kein Sonnenstrahl in den Grund der Schlucht fiel, sah er, wie das von dem Bauern aus dem Wasser gehobene Fell aufleuchtete. Es schien, als sei es mit Goldkörnern übersät. Der Bauer sah sich misstrauisch um. Sorgsam legte er das goldhaltige Vlies zusammen, versteckte es im Felsen und schleppte dann die Leiche seines toten Gefährten zu einer Felsspalte, wo er sie hineinwarf und mit Steinen bedeckte.

Phrixos machte sich vorsichtig auf den Heimweg.
Als der Bauer, hinkend und blutverkrustet, zum Abendbrot erschien, erzählte er dem Jungen, dass es einen Steinschlag gegeben habe und sein Kamerad von Felsbrocken erschlagen worden sei. Er schien darüber jedoch nicht traurig zu sein, sondern lachte fortwährend und kicherte einfältig vor sich hin. Auch wollte er nichts essen und verlangte stattdessen von Phrixos, ihm seinen Becher immer wieder mit dem selbstgebrauten Wein, der noch in der Gärung war, zu füllen. Als er berauscht eingeschlafen war, nahm Phrixos einen großen Felsstein und zerschmetterte ihm damit den Schädel.
Am nächsten Morgen schlachtete er eins der Schafe, wickelte das noch blutige Fleisch in die bronzefarbenen Weinblätter des wildwachsenden Pupurea und

Phrixos übergibt Aiëtes das Vlies als ein Geschenk

füllte damit seinen Rucksack. Die anderen Schafe und die zwei Ziegen pflockte er los und scheuchte sie auf die Bergwiesen. Er packte das Wenige zusammen, was er von den Habseligkeiten der Bauern mitnehmen wollte, dann ging er zum Bach und holte das versteckte Fell hervor. In den Locken des Schaffells hatten sich tatsächlich Tausende von Goldkörnern verfangen, die meisten so klein wie Sommermücken, aber es waren auch Körner von der Größe des Mondkäfers darunter, und das Vlies leuchtete golden. Sorgsam legte er es zusammen, rollte es in ein mitgebrachtes Tuch und steckte es in seine Tasche. Dann machte er sich auf den Weg.
Bedroht von dem Todesurteil des Königs, seines Vaters, und der Bürger seiner Heimatstadt wanderte er wochenlang, und erst, als er Kolchis erreichte, wagte er es, sich menschlichen Behausungen

zu nähern. Da er ein Flüchtling war, drohte der Herrscher von Kolchis, ihn zu verjagen wie jeden Landlosen, doch Phrixos war müde der Wanderschaft und Flucht. Auch hatte sein Schicksal ihm die Unschuld genommen und die List gelehrt, und so sagte er, Zeus selbst habe ihn nach Kolchis gesandt. Er öffnete seine Tasche und übergab Aiëtes, dem König von Kolchis, das Vlies als ein Geschenk von Zeus.

Und wenn auch seinen Worten niemand Glauben schenken wollte, das Vlies, das in der Sonne meilenweit golden aufleuchtete, überzeugte den König von Kolchis und einen jeden. Man gab dem vorgeblichen Boten von Zeus eine Wohnung, und Phrixos heiratete eine Tochter des Landes. Und Aiëtes dankte den Göttern, denn er glaubte, mit dem goldenen Vlies von Zeus selbst gesegnet und ausgewählt zu sein.

Phrixos' Heirat

Mit der Ankunft von Phrixos und dem goldenen Vlies gingen die goldenen Tage von Kolchis zu Ende.
Die fünfunddreißig Helden der Argo kamen bereits ein Jahr nach der Ankunft von Phrixos, um das kostbare Vlies zu rauben, und sie erschlugen den König von Kolchis und mehr als fünfhundert Kolchier, nicht gerechnet der Tod von achtzehn Helden und die Vernichtung von zwei Landheeren und siebenundzwanzig Segel- und Ruderschiffen, die ihren Weg kreuzten, und die hundert erschlagenen Bauern, auf deren Höfen sie sich unterwegs Brot, frisches Fleisch, Wein und Wasser für die Reise beschafften.
Die Argonauten, die erfolgreichen Räuber, gingen später einer nach dem anderen elend zugrunde, und nach ihnen starben, um das goldene Vlies zu verteidigen oder zu rauben, fünf Halbgötter,

einundzwanzig Giganten, zwölf Könige, sieben Königinnen, eintausendvierhundert Helden, siebenundzwanzig adlige Damen und fünf hochgeborene Säuglinge. Vergewaltigt wurden neunhundertsiebenundvierzig edle Frauen verschiedenen Alters, dreiunddreißig von ihnen verfielen in Wahnsinn. An gemeinen Kriegsleuten, Bauern, Weibern und Gehilfen seien zweihunderttausend erschlagen worden oder auch fünfhunderttausend, aber dieses ist nur die Schätzung eines königlichen Chronisten, denn ihre Zahl wurde nie gezählt.

Die Argonauten

Christoph Hein, der in viel diskutierten Erzählungen und Romanen stets im Gegenwärtigen auf der Suche nach der Vergangenheit ist, lernen wir hier als Mythenerzähler kennen, freilich nicht ohne Pointe, die uns schaudern läßt.

Christoph Hein, Romancier, Erzähler, Dramatiker und Essayist, geboren 1944 in Heinzendorf/Schlesien, lebt in Berlin. Er wurde mit zahlreichen Literaturpreisen geehrt.

Im Verlag sind außerdem lieferbar:
Das Erstlingswerk von Christoph Hein: *Einladung zum Lever Bourgeois*. Mit Zeichnungen und Originallithographien von Hermann Naumann (Die Graphischen Bücher. Bd. 3); *Horns Ende*. Roman (Die DDR-Bibliothek. Bd. 8)

Werner Stötzer, der vielen als großer Bildhauer bekannte Künstler ist seit seinen Studienjahren in Weimar und Dresden auch ein intensiver Zeichner. Die hier abgedruckten Arbeiten beweisen das auf eindrucksvolle Weise. Er selbst sagt darüber: »Eine Zeichnung kann aus dem Augenblick entstehen, sie kann in der Kürze des Traumes leben, sie erlaubt vieles, zögernd oder ermunternd … und dem, der sie macht, können dazu Wörter einfallen, denn die Zeichnung hat auch mit der Sprache zu tun … Sie sind Geschwister, die jung bleiben, wenn das Bild, die Skulptur oder das Buch ihre Gebrechen zeigen und wüst werden.«

Werner Stötzer, geboren 1931 in Sonneberg/Thüringen, lebt und arbeitet in Alt-Langsow/Oderbruch.

Gestaltung Frank Eilenberger
Layout Atelier für grafische Gestaltung Leipzig
Druck Jütte-Messedruck Leipzig
Bindung Kunst- und Verlagsbuchbinderei Leipzig
Printed in Germany 2005

Dieses und andere Bücher
finden Sie auch im Internet unter
www.faberundfaber.de

ISBN 3-936618-73-9